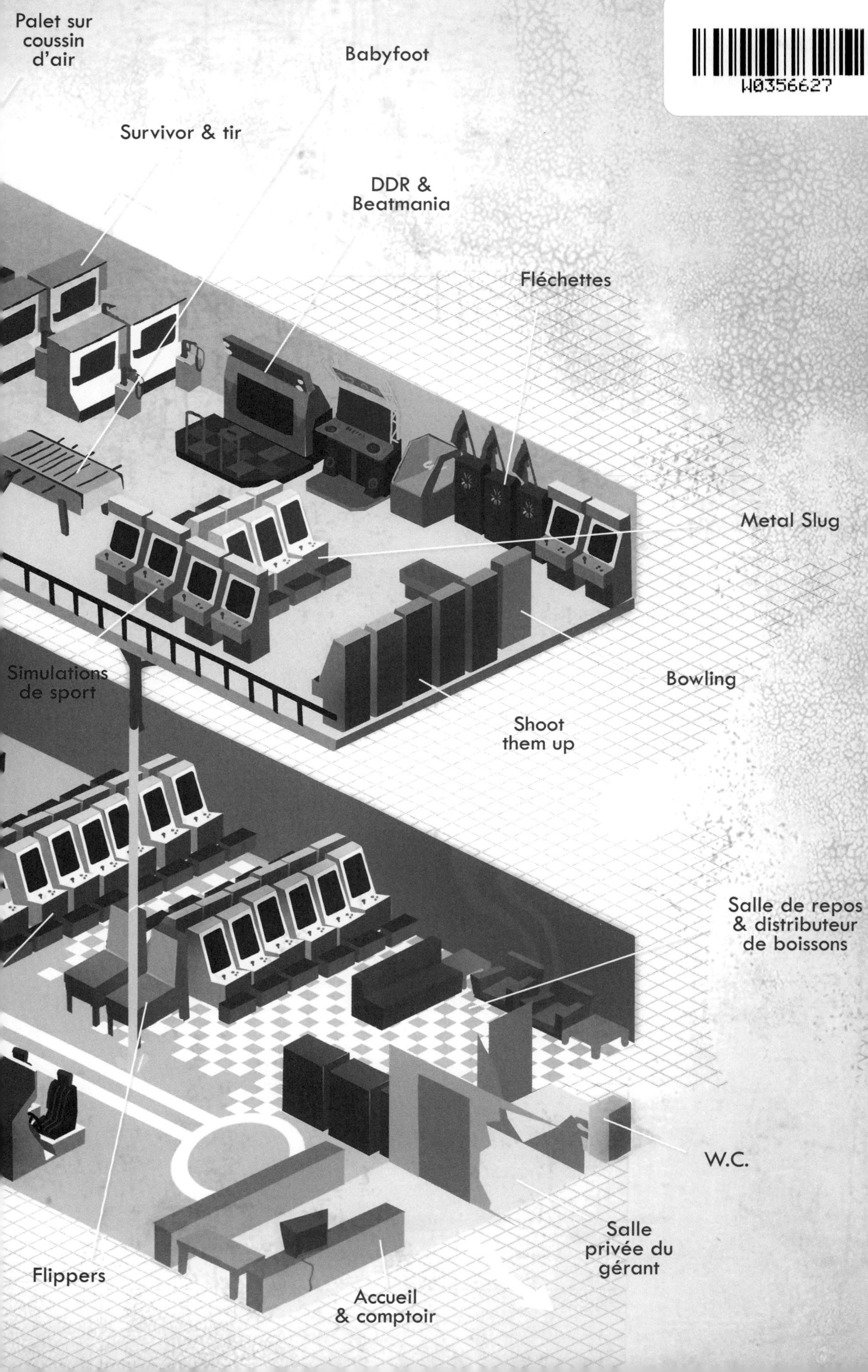
Palet sur coussin d'air
Babyfoot
Survivor & tir
DDR & Beatmania
Fléchettes
Metal Slug
Simulations de sport
Bowling
Shoot them up
Salle de repos & distributeur de boissons
W.C.
Salle privée du gérant
Flippers
Accueil & comptoir

- TOT -

- MYLYDY -

TOME 1

TEOTL

ARAHORUS

ankama éditions

Je remercie Choup, mon héroïne du quotidien, pour son soutien sans faille !
Mylydy, pour m'avoir entraîné dans son délire coloré,
Rico, pour sa relecture de dernière minute,
et tous ceux, trop rares, qui ne portent pas de masques.

TOT

À Tot, en premier lieu, un very big huge legendary merci pour m'avoir donné sa confiance,
À Jonn, Olivier, Elsa, Marion et toute la dream team de l'édition pour leur patience et leur gentillesse :'D
À Xa et Aisk, pour leur powerful coup de main, sooo nice :)
Un énorme thanks à Fafah, Rémi, Sylvain, Guillaume et tous les autres qui m'ont aidée à faire le trailer :)
À Quentin pour son brightness love ^3^

MYLYDY

"AU CŒUR D'UN ENVIRONNEMENT UNIQUE, CHARGÉ D'HISTOIRE ET PRÉSERVÉ DU TOURISME DE MASSE, LES HABITANTS DE L'ÎLE DE CALCHAZ VOUS INVITENT À DÉCOUVRIR UN PEUPLE NATURELLEMENT ACCUEILLANT ET CHALEUREUX, UNE CULTURE EMPREINTE DE SAGESSE ET DE DOUCEUR".
ENFIN, ÇA, C'EST CE QUE DIT LA BROCHURE DE L'AGENCE DE VOYAGE DE MES VIEUX...
EN VÉRITÉ, C'EST UN PEU MOINS COOL...

"L'ENVIRONNEMENT UNIQUE", C'EST LE VOLCAN QUI MENACE DE NOUS PÉTER À LA FACE À TOUT MOMENT.
ET C'EST VRAI QU'ON EST PRÉSERVÉS DU "TOURISME DE MASSE"...
MAIS PAS DE LA SURPOPULATION.
QUANT AU "PEUPLE NATURELLEMENT ACCUEILLANT ET CHALEUREUX"...

JE CHERCHE ENCORE SA "CULTURE EMPREINTE DE SAGESSE ET DE ...
MUM!
... DOUCEUR".
SHLAK
BLAM
ARGH!!!
PUTAIN...
JE CROIS QUE CETTE GROSSE VACHE M'A CASSÉ LE NEZ.

JE SUIS DANS UN ABATTOIR...
ON DIRAIT QUE CES BŒUFS EN ONT EU MARRE QU'ON LES MASSACRE POUR LES BOUFFER ET QU'ILS ONT EU ENVIE DE JOUER À L'ÉQUARRISSEUR ÉQUARRI.
J'AURAIS AIMÉ UN TRUC PLUS CLASSE POUR MA PREMIÈRE MISSION.

RECTIFICATION...
J'AURAIS AIMÉ UN TRUC PLUS CLASSE POUR MA DERNIÈRE MISSION !

QUELQUES JOURS PLUS TÔT...
SALOPERIE DE COURS DE MATHS... J'Y COMPRENDS VRAIMENT QUEUD'.
ET CET ENFOIRÉ DE PROF QUI S'AMUSE À NOUS COLLER DES INTERROS SURPRISES DÈS LE LUNDI MATIN...
ENFOIRÉ DE POULAIN !!!
JE SUIS SÛR QUE ÇA LUI FILE LA TRIQUE !
PLAF
UN JOUR, JE LUI CASSERAI LA GUEULE À CE CON !!
PAF
KRAK
LE CRIE PAS TROP FORT QUAND MÊME...

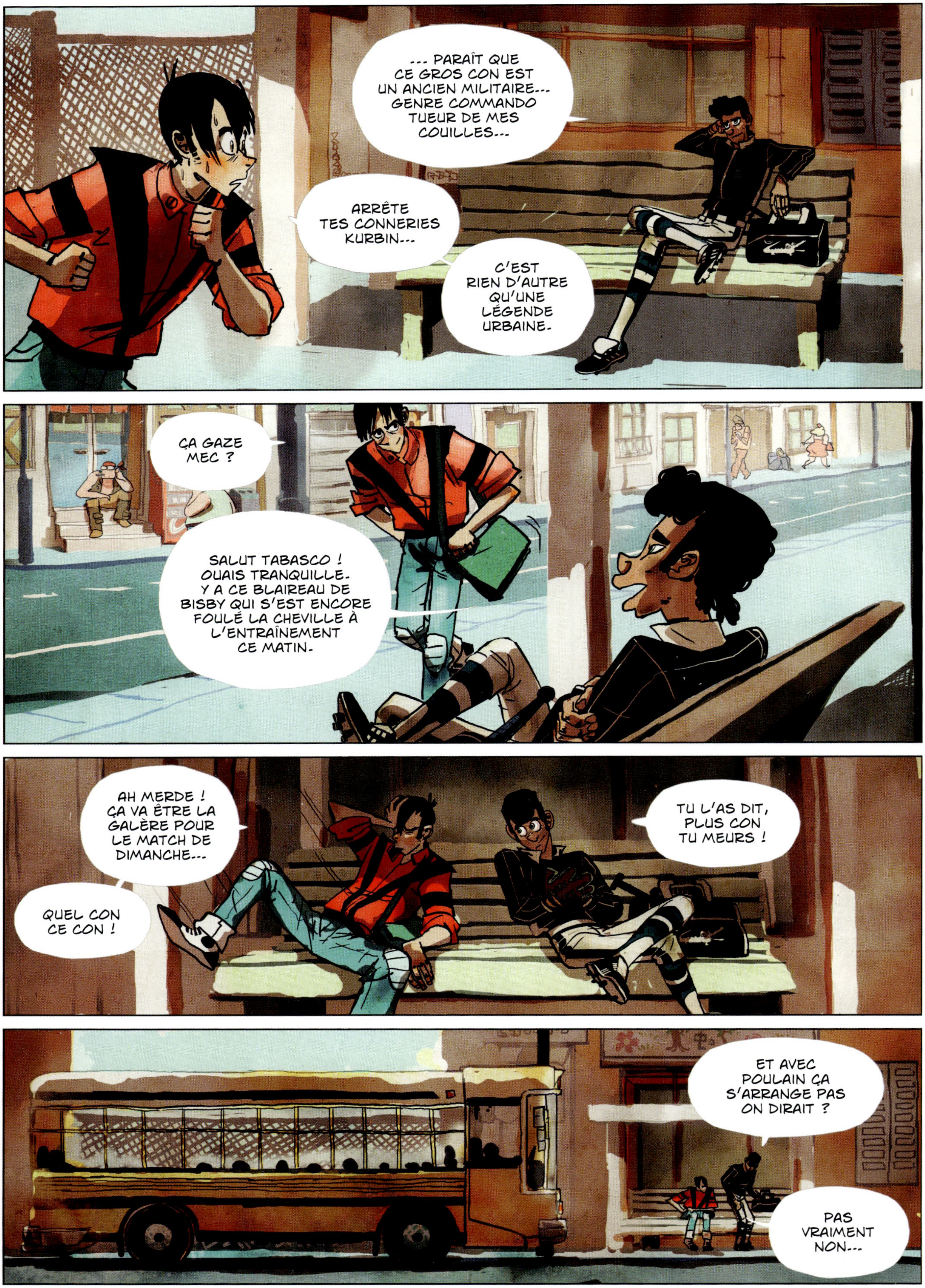
... PARAÎT QUE CE GROS CON EST UN ANCIEN MILITAIRE... GENRE COMMANDO TUEUR DE MES COUILLES...
ARRÊTE TES CONNERIES KURBIN...
C'EST RIEN D'AUTRE QU'UNE LÉGENDE URBAINE.
ÇA GAZE MEC ?
SALUT TABASCO ! OUAIS TRANQUILLE. Y A CE BLAIREAU DE BISBY QUI S'EST ENCORE FOULÉ LA CHEVILLE À L'ENTRAÎNEMENT CE MATIN.
AH MERDE ! ÇA VA ÊTRE LA GALÈRE POUR LE MATCH DE DIMANCHE...
QUEL CON CE CON !
TU L'AS DIT, PLUS CON TU MEURS !
ET AVEC POULAIN ÇA S'ARRANGE PAS ON DIRAIT ?
PAS VRAIMENT NON...

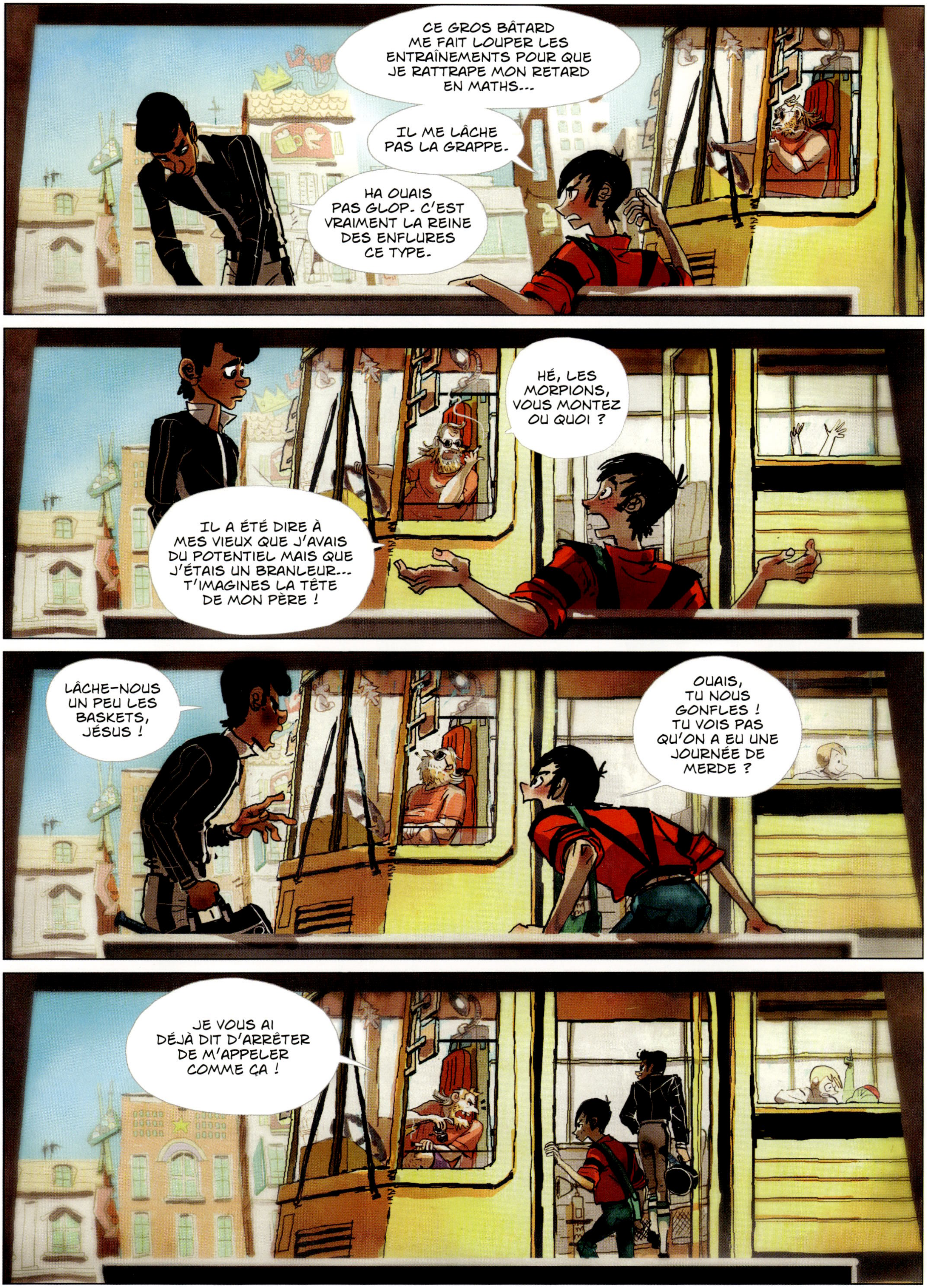
CE GROS BÂTARD ME FAIT LOUPER LES ENTRAÎNEMENTS POUR QUE JE RATTRAPE MON RETARD EN MATHS...
IL ME LÂCHE PAS LA GRAPPE.
HA OUAIS PAS GLOP. C'EST VRAIMENT LA REINE DES ENFLURES CE TYPE.
HÉ, LES MORPIONS, VOUS MONTEZ OU QUOI ?
IL A ÉTÉ DIRE À MES VIEUX QUE J'AVAIS DU POTENTIEL MAIS QUE J'ÉTAIS UN BRANLEUR... T'IMAGINES LA TÊTE DE MON PÈRE !
LÂCHE-NOUS UN PEU LES BASKETS, JÉSUS !
OUAIS, TU NOUS GONFLES ! TU VOIS PAS QU'ON A EU UNE JOURNÉE DE MERDE ?
JE VOUS AI DÉJÀ DIT D'ARRÊTER DE M'APPELER COMME ÇA !

ET TU VEUX QU'ON T'APPELLE COMMENT ?
AVEC TA VIEILLE FACE PLEINE DE POILS... SI TU VEUX PAS QU'ON T'APPELLE JÉSUS, T'AS QU'À TE RASER...
GROS CRAD...
BANDE DE P'TITS BOUTONNEUX, J'VOUS APPRENDRAI L'RESPECT MOI, UN JOUR...
OUAIS, UN JOUR... QUAND LES POULES AURONT DES BOULES !
KURBIN, MATE ÇA...
'TAIN J'LE CROIS PAS... C'EST CARRÉMENT LA FÊTE DU SLIP LÀ...
REGARDE-MOI UN PEU CES QUATRE GROS NAZES !
JE RÊVE, Y S'CROIENT À MICKEYLAND ?

BON, ON VA SE LA JOUER COOL PARCE QU'ON A VRAIMENT PASSÉ UNE JOURNÉE DE MERDE...
VOUS BOUGEZ VOS MICHES FISSA ET ON FERA COMME SI ON N'AVAIT RIEN VU. ÇA VOUS VA ?
NAN MAIS POUR QUI TU T'PRENDS TOI ?
ON S'EST POINTÉS ICI AVANT VOUS ET JE CROIS PAS AVOIR VU UNE PANCARTE AVEC VOS NOMS ÉCRITS DESSUS !
BAM, VANNÉ...
O.K...
J'VOIS QU'ON PEUT PAS DISCUTER...
FSHHH
... AUX GRANDS CONNARDS LES GRANDS MOYENS !
KLOSH
ET ÇA, C'EST QUOI MEC ? REMARQUE, VU TA GUEULE DE SINGE, T'AS PEUT-ÊTRE PAS ENCORE APPRIS À LIRE...
BAM, VANNÉ...
Tabasco Kurban

J'CROIS QUE VOUS SAVEZ PAS TROP À QUI VOUS AVEZ AFFAIRE, LES GUIGNOLS.
ON VA ARRANGER ÇA !!!
JE DIRAIS PLUTÔT QU'ON SAIT EXACTEMENT À QUI ON A AFFAIRE...
WIUUU
UNE BANDE DE TROUDUCS QUI NE RESPECTENT RIEN...
SPUNCH!!
ET QUI FOUTENT DE LA MAYO SUR NOS SIÈGES...

J'LE TIENS, METS-LUI SA RACE, LUC !
OUAIS !!! BASTON !
T'AURAIS PAS DÛ TOUCHER À MON 'DWICH !
ARGH !

AH, CES JEUNES...

BON, ALLEZ...
PUSCH
PAW
... FINI DE JOUER !
POW
DANS TA FACE, TOI !
D'FAÇON, J'SUIS SÛR QU'IL ÉCOUTAIT DE LA MUSIQUE DE MERDE.

VROM
VRRR
TERMINUS DES CONNARDS...
SHLÀ~
BLAF
PLAF
TOUT L'MONDE DESCEND.
SALUT JÉSUS !
GRUMLUFH...
POH
ÔÔÔOO
CHESS

SALUT LES GARÇONS ! VOUS VOUS ÊTES ENCORE EMBROUILLÉS ?
QU'EST-CE QUI TE FAIT DIRE ÇA ?
UN JOUR, ÇA FINIRA MAL...
TOUJOURS CHAUDS POUR ALLER SE FAIRE UNE PARTIE ?
PLUS QUE CHAUD, MON POTE !

OUAIS, J'EN PEUX PLUS D'ATTENDRE. J'AI COMMENCÉ À M'ENTRAÎNER SUR LA PLAY' MAIS ÇA VAUDRA JAMAIS LA BONNE VIEILLE GROSSE BORNE D'ARCADE...
LE VIEUX A DÛ RECEVOIR LE NOUVEAU STREET FIGHTER...
EH, JÉSUS ! TU POURRAS ARRÊTER TA BROUETTE DEVANT LA SALLE DE JEUX STEUP' ?
À CONDITION QUE T'ARRÊTES DE M'APPELER JÉSUS !
P'TIT CON.
JE VAIS PRENDRE LE GROS CATCHEUR POILU DU TORSE ET JE VAIS VOUS METTRE UNE DE CES PÂTÉES LES AMIS... VOUS ALLEZ PAS COMPRENDRE.
C'EST ZANGIEF ! DEPUIS LE TEMPS QU'ON JOUE, T'AS TOUJOURS PAS RETENU SON NOM...

PEUT-ÊTRE MAIS, MOI AU MOINS, JE JOUE PAS AVEC DES MECS EN PYJAMA...
VRRR
TU SAIS TRÈS BIEN QUE C'EST PAS DES PYJAMAS...
LAISSE TOMBER KURB', IL FAIT EXPRÈS POUR NOUS VÉNER...
VOUS BATTEZ PAS LES GARÇONS, DE TOUTE FAÇON, LE PLUS SEXY C'EST DHALSIM ...
T'ES DÉFONCÉE OU QUOI, LUCIE ? IL RESSEMBLE À RIEN CE PERSO !
PEUT-ÊTRE, MAIS IL PEUT ÉTIRER SES MEMBRES COMME IL VEUT, ET ÇA, ÇA EN FAIT FORCÉMENT LE CHOUCHOU DES FILLES.
J'VAIS VOMIR.
VROOM
C'EST BON, ON Y EST LES KÉKÉS...

SHLAF
STREET FIGHTER PRIME TURBO SPEED 4...
NOUS VOILÀ !!!
YEEAH
POURQUOI IL FAUT TOUJOURS QU'IL FASSE ÇA ?
CHERCHE PAS ET TAPE LA POSE COMME D'HAB', ÇA LUI FAIT PLAISIR.
BOM
FRANCHEMENT, ON A TROP LA CLASSE !

... QUELLE SURPRISE POUR TOUS LES HABITANTS DE SHUSHUA DE DÉCOUVRIR CET ÉNORME POISSON DANS LEUR BASSIN...
SALUT LA COMPAGNIE !!!
... L'ATTAQUE A FAIT TROIS VICTIMES CHEZ LES PÊCHEURS QUI N'ONT TOUJOURS PAS COMPRIS COMMENT UN TEL MONSTRE A PU PASSER LA BARRIÈRE DE CORAIL...
... MALGRÉ LES NOMBREUX TÉMOIGNAGES, LES FORCES DE L'ORDRE RESTENT SCEPTIQUES ET AVANCENT L'HYPOTHÈSE D'UNE HALLUCINATION COLLECTIVE...
SALUT LE VIEUX, TU NOUS FILES DES JETONS ?
... CE QUI N'EST PAS DU TOUT DU GOÛT DES FAMILLES DES MALHEUREUX DISPARUS...
... C'EST DÉJÀ LE CINQUIÈME INCIDENT DE CE TYPE, RIEN QU'À SHUSHUA...
CA Y EST, JE SUIS PRIS D'UNE GEEKERIE AIGUË...
BON ALORS LE VIEUX, T'ATTENDS LE DÉGEL OU QUOI ? TU ME LES FILES CES JETONS ?

ON DIT "S'IL TE PLAÎT" !
AAAAAAH
SOIS POLI SI T'ES PAS JOLI !
WTF!?
T'ES NOUVEAU ?
QUELLE SALE GUEULE TU AS AVEC CE GROS PIF TOUT BISCORNU !
ESPÈCE DE JEUNE MERDEUX ! TU MÉRITERAIS QUE JE T'ENSEIGNE LA POLITESSE...
OUAIS OUAIS... PLUS TARD TU VEUX, ON A AUTRE CHOSE À FOUTRE...

EH BEN… C'EST DU LOURD DOUDOUDIDONC !
Y A PAS L'AIR D'Y EN AVOIR UN POUR RATTRAPER L'AUTRE…
Heu… Je veux juste…
NON, ILS SONT TOUS PLUS VULGAIRES LES UNS QUE LES AUTRES, CES BRANLEURS.
Oh No !
LES BRAS M'EN TOMBENT…
QUAND ON VOIT LE COMPORTEMENT DE LA NOUVELLE GÉNÉRATION, ON PEUT SE DEMANDER À QUOI RESSEMBLERA CE MONDE DANS UN SIÈCLE OU DEUX…
PUTAIN MAIS TU VAS NOUS PRENDRE LA TÊTE ENCORE LONGTEMPS AVEC TES CONNERIES ?
BOM
ON EST VENUS FAIRE UNE PARTIE ! PAS ÉCOUTER LES DÉLIRES D'UN VIEUX CON…

ET LES PROBLÈMES DE VOTRE MONDE ? ÇA VOUS PARLE ?
LES DÉLIRES D'UN VIEUX CON ?
DES ATTAQUES DE MONSTRES GÉANTS...
... DES ENFANTS QUI DISPARAISSENT DANS L'INDIFFÉRENCE LA PLUS TOTALE, DES TSUNAMIS FÉROCES QUI FONT PÉTER DES USINES NUCLÉAIRES...
... ET LA SEULE CHOSE QUI VOUS INTÉRESSE, C'EST DE VENIR FAIRE UNE "PARTIE" ?
L'HUMANITÉ EST SUR LE POINT DE DISPARAÎTRE ET LA SEULE CHOSE QUI VOUS INTÉRESSE...
... C'EST DE FAIRE UNE PARTIE ?!
VOUS VOULEZ DES JETONS ?
SHLINK
SHLINK

VIIIISSH
EN VOILÀ !
PRENEZ CE QUE VOUS VOULEZ... ET ALLEZ DONC FAIRE UNE "PARTIE" PENDANT QUE VOTRE RACE S'ÉTEINT...
IL EST BARJE CE TYPE...
LAISSE TOMBER, ON S'EN FOUT... ON A DE QUOI S'AMUSER DEUX JOURS NON-STOP LÀ.
MON VIEUX RADOTE SOUVENT QUE LA TÉLÉ REND CON, JE CROIS QUE JE COMMENCE À COMPRENDRE CE QU'IL VEUT DIRE PAR LÀ...

MAIS... C'EST TON GAGNE-PAIN QUE TU NOUS JETTES À LA FACE COMME ÇA... T'ES SÛR DE TON COUP ?
HÉ !
O.K. SI TU LE PRENDS COMME ÇA... TU VIENDRAS PAS CHIALER QUAND TU COULERAS TA BOÎTE.
ALLEZ C'EST BON, ON S'EN BRANLE... VIENS JOUER AVANT QUE DES CREVARDS PRENNENT LES PLACES...
ELLES SONT LÀ !
J'ENTENDS DÉJÀ LEUR DOUCE MÉLODIE...
ÇA SERT À RIEN DE VOUS PRESSER, Y EN A QUATRE...
ON NE SAIT JAMAIS !

HERE COMES A NEW CHALLENGER !!!
À MOI RYU !!!
HERE COMES A NEW CHALLENGER !!!
À MOI KEN !!!
PRÉPAREZ VOS DENTIERS LES GARS, ÇA VA SAIGNER !
HADOKEN
SENPUKYAKU
SHORYUKEN
SHORYUKEN
SENPUKYAKU
HADOKEN
TU VIENS BEAU GOSSE ? ON VA S'INSTAL-LER DE L'AUTRE CÔTÉ !
SACRÉ TABASCO...
IL A GRAVE LA CÔTE AVEC LUCIE !
SENPUKYAKU
HADOKEN
SENPUKYAKU
QUOI ?
HADOKEN
SHORYUKEN
LUCIE ! ELLE KIFFE TABASCO... ME DIS PAS QUE T'AS RIEN REMARQUÉ.
HADOKEN
SHORYUKEN
SENPUKYAKU
NON, J'AI RIEN REMARQUÉ, ET TOI QU'EST-CE QUE T'EN SAIS ? T'ES LE PUTAIN DE CUPIDON DU COIN, C'EST ÇA ?
ÇA VA, CALME TOI...
ELLE M'EN A PARLÉ À L'ARRÊT DE BUS. ELLE CRAQUE COMPLÈTEMENT...

ELLE...
ELLE T'EN A PARLÉ ?
OUAIS PENDANT VINGT MINUTES... TABASCO PAR-CI, TABASCO PAR-LÀ... TROP GONFLANTE...
Tatsumaki
K.O.
ShinShoryuken

T'ES BIEN COLLANTE AUJOURD'HUI TOI, TU AS QUELQUE CHOSE À ME DEMANDER ?
PEUT-ÊTRE BIEN... ÇA FAIT LONGTEMPS QU'ON SE CONNAÎT...
ET ON... ON EST UN PEU DES ADULTES MAINTENANT...
HÉ...
REGARDE-LE LUI...
EH MORTICIA !!!
FAUT PAS TE GÊNER SURTOUT... ON ÉTAIT LÀ AVANT TOI !

OUAIS ET ALORS ?
CALME-TOI TABASCO...
TU VIENS DE NOUS PRENDRE LA PLACE, TÊTE DE CON !
ET ALORS ?
T'ÉTAIS PAS EN TRAIN DE JOUER MON POULET. LA BORNE ÉTAIT LIBRE, JE L'AI PRISE, Y A PAS DE QUOI EN FAIRE TOUT UN FROMAGE.
ET SI TU M'INSULTES ENCORE UNE FOIS, JE VAIS TELLEMENT TE LATTER LES COUILLES QU'IL TE FAUDRA UN MÉGAPHONE POUR PARLER À TA MEUF !

PUTAIN MON GARS, FALLAIT LE DIRE PLUS TÔT QUE TU VOULAIS TE SUICIDER... JE VAIS M'OCCUPER DE TON CAS.
C'EST BON TABASCO, T'AS PAS EU ASSEZ DE BASTON POUR AUJOURD'HUI ?
BAM
ON N'A JAMAIS ASSEZ DE BASTON DANS UNE JOURNÉE.
SI TU GAGNES, JE DÉGAGE.
JE SUIS ASSEZ D'ACCORD...
MAIS ON PEUT FAIRE UNE EXCEPTION ET SE RÉGLER ÇA SUR UNE PARTIE DE STREET...
SI JE GAGNE, J'INVITE TA JULIETTE À DÉJEUNER...

NAN MAIS TU FUMES PAS QUE DES CLOPES TOI !
JE SAIS PAS CE QUE TU T'ES ENVOYÉ AVANT D'ARRIVER, MAIS SI TU ME PRENDS POUR UNE POULE QU'ON JOUE SUR UNE PARTIE DE JEUX VIDÉO, TU VAS...
PUTAIN !
TU MANQUES PAS D'AIR POUR UNE GUEULE DE VAMPIRE...
JE VAIS TE METTRE UNE BRANLÉE, TU VAS PAS LE CROIRE ! VA TE FALLOIR UN FAUTEUIL ROULANT POUR RENTRER CHEZ TOI !
TABASCO, PASSONS À AUTRE CHOSE TU VEUX ? J'AI PAS ENVIE QUE TU TE BATTES POUR MOI...
TU PEUX COMMENCER À FAIRE TA VALISE, MEC !

MAIS...
EH BIEN JULIETTE, ON DIRAIT QUE TU NE CONNAIS PAS TON ROMÉO AUSSI BIEN QUE TU DEVRAIS...
ARRÊTE AVEC TES CONNERIES ROMANTIQUES ! ELLE S'APPELLE LUCIE ET C'EST PAS MA MEUF, JUSTE UNE COPS' !
ESPÈCE DE...
SLASH
CRAPAUD !!!
JE VAIS TE MASSACRER !
Tun!!
PUSH
aïe
ouch

Paf
Blom
Aïe!
T'ES CINGLÉE OU QUOI ? QU'EST-CE QUI TE PREND ?
T'ES VRAIMENT QU'UN GROS MUFLE DÉBILE...
ON DIRAIT QU'IL Y A DE L'EAU DANS L'GAZ !
LUCIE ?

ME TOUCHE PAS, PAUVRE DÉBILE ! T'ES VRAIMENT LE ROI DES CRÉTINS !
CRACK

J'AURAIS DÛ ÉCOUTER MA MÈRE...
SA MÈRE ? MAIS...

JE CROIS QUE J'AI LOUPÉ UN ÉPISODE...
BON, DÉSOLÉ, ON VA EN RESTER LÀ...
JE JOUE PAS AVEC UN CON QUI FAIT PLEURER LES JULIETTE.
TOUT ÇA C'EST TA FAUTE...
ET TU VAS ME LE PAYER !!!
PUNCH

KURBIN... MAIS... QU'EST-CE QUE TU BRANLES ?
TU PEUX T'EN PRENDRE QU'À TOI-MÊME CETTE FOIS, TABASCO...
QUOI ? MAIS... T'AS BIEN VU QUE C'EST L'AUTRE LÀ, QUI A FOUTU SA MERDE !
J'AI SURTOUT VU QUE TU AVAIS FAIT PLEURER LUCIE, ET ÇA, C'EST VRAIMENT PAS COOL...
MAIS... ARRÊTE DE FAIRE LE CON, J'AI RIEN FAIT DE MAL...
RICKY, DIS-LUI TOI !
TU FAIS PAS ASSEZ ATTENTION AUX AUTRES TAB'...
C'EST QUASI IMPOSSIBLE DE TENIR UN SUJET SÉRIEUX AVEC TOI SANS ÊTRE COUPÉ PAR...
K.O.

YES, ENCORE UNE VICTOIRE...
BORDEL, C'QUE J'SUIS BON !
DE QUOI ON PARLAIT DÉJÀ ? AH OUAIS...
JE T'ADORE MEC, MAIS C'EST VRAI QUE TU PENSES QU'À TA GUEULE...
C'EST FOU COMME VOUS ÊTES MIGNONNES LES FILLES, À VOUS CRÊPER LE CHIGNON COMME DES PUCEL-LES DEVANT UN BODYBUILDER...
C'EST VRAI QUE T'ES LOURD TOI, QUAND MÊME...
ET PAS QU'UN PEU !!!

PUTAIN... SNIRRFFFF... QUEL CON CE TABASCO...
REGARDE UN PEU DANS QUEL ÉTAT IL TE MET MA PAUVRE LUCIE...
AH NON...
PLUS DE MOUCHOIRS...
J'ESPÈRE QU'IL Y A DU PQ.

UN...
MIAM !
UN CACA !!!
Y A VRAIMENT DES GROS PORCS...
DÉCIDÉMENT, C'EST MA JOURNÉE.
ALLEZ, J'Y SUIS PRESQUE...
IMPOSSIBLE, C'EST INSOUTENABLE ! SI JAMAIS JE GLISSE, JE NE POURRAI PLUS JAMAIS ME REGARDER DANS UNE GLACE.
SLAM

UNE JOLIE FILLE NE DEVRAIT PAS AVOIR À SUBIR CE GENRE DE SITUATION...
DE TOUTE FAÇON, ÇA NE PEUT PAS ÊTRE PIRE DANS LES TOILETTES D'À CÔTÉ...
AAAAA
ÇA VA, FAUT PAS SE GÊNER...

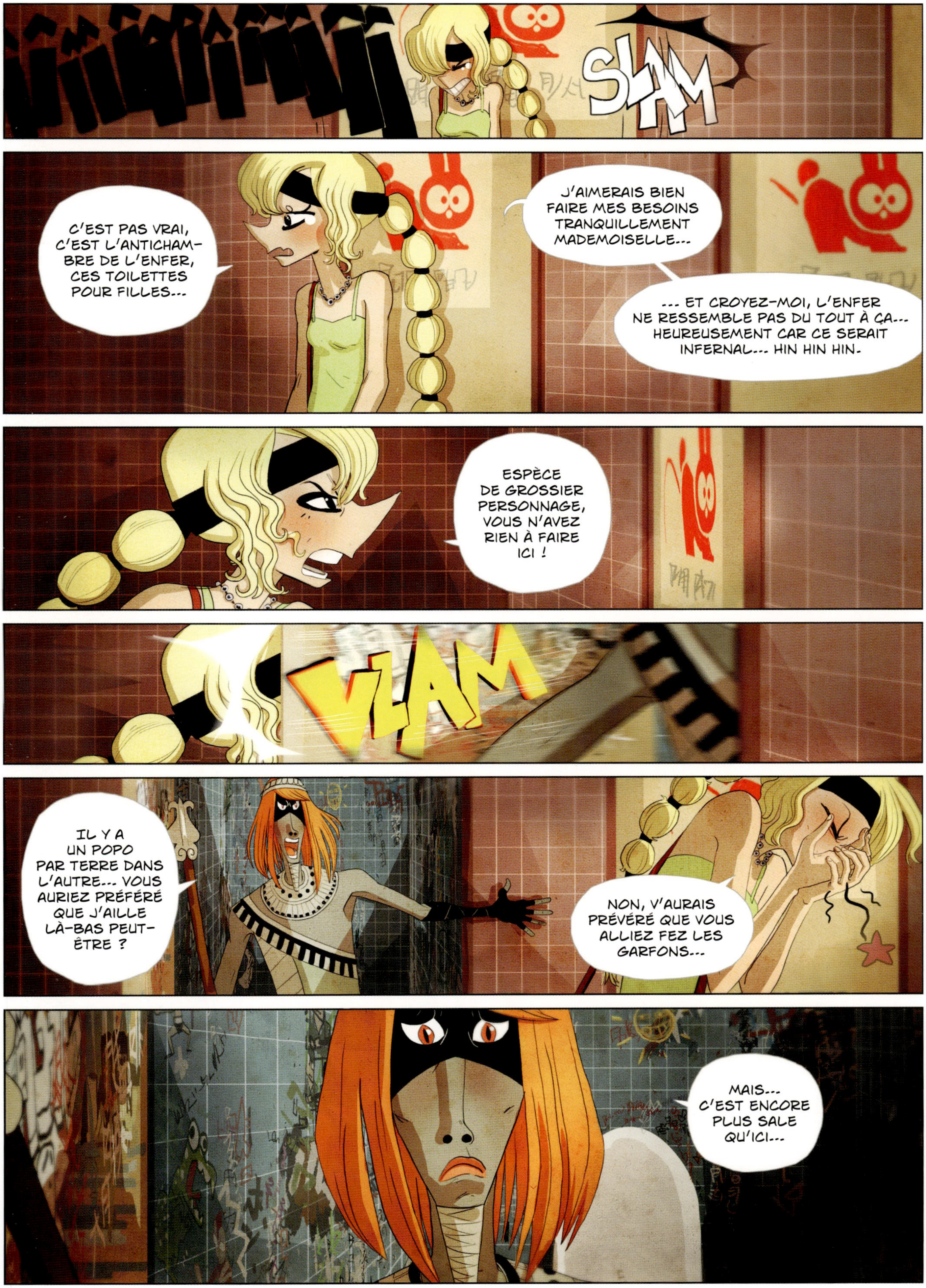
SLAM
C'EST PAS VRAI, C'EST L'ANTICHAMBRE DE L'ENFER, CES TOILETTES POUR FILLES...
J'AIMERAIS BIEN FAIRE MES BESOINS TRANQUILLEMENT MADEMOISELLE...
... ET CROYEZ-MOI, L'ENFER NE RESSEMBLE PAS DU TOUT À ÇA... HEUREUSEMENT CAR CE SERAIT INFERNAL... HIN HIN HIN.
ESPÈCE DE GROSSIER PERSONNAGE, VOUS N'AVEZ RIEN À FAIRE ICI !
VLAM
IL Y A UN POPO PAR TERRE DANS L'AUTRE... VOUS AURIEZ PRÉFÉRÉ QUE J'AILLE LÀ-BAS PEUT-ÊTRE ?
NON, V'AURAIS PRÉVÉRÉ QUE VOUS ALLIEZ FEZ LES GARFONS...
MAIS... C'EST ENCORE PLUS SALE QU'ICI...

PUTAIN MON GARS, TU VAS VOLER...
BAM
J'VOUS JURE, Y A PLUS DE JEUNESSE... S'Y METTRE À TROIS SUR UN VIEUX MONSIEUR COMME MOI...
TA GUEULE ! SI TU VEUX T'ÉVITER LES EMMERDES, T'AS QU'À MOINS LA RAMENER...
ET CE QUE TU VIENS DE FAIRE À RICKY SE RAJOUTE À TON ARDOISE, TROU DU CUL !

ON M'AVAIT PAS TRAITÉ DE PUCELLE DEPUIS LA MATERNELLE !
BUNK
TU PARLES TROP TOI !
PLAF
PLING
BOM
MERDE...
ALORS ROMÉO, TU COMMENCES À TE CHIER DESSUS, PAS VRAI ?

ENFOIRÉ DE GOTHIQUE, JE VAIS TE FAIRE CRACHER TES DENTS...
POK
CRAK

KKRRRR
KRAAK

KLASH

KRRRAAAK

Fiiizzz
FRRSSHH
SPLLIZSH
Fiiizzz

FRRHHZZZ
SHHHRRU
KRiiiii
MERDE…
J'Y SUIS PEUT-ÊTRE ALLÉ UN PEU FORT… ÇA VA ROMÉO ?
TA GUEULE…
SHLANK
KRRRRiiiiii
ZZZHLLHSS

ÇA VA TAB' ?
NON... MA MAIN...
VOILÀ CE QUE SONT DEVENUS LES HUMAINS...

DES ÊTRES PLEIN DE HAINE ET DE VIOLENCE.
"JAMAIS LA HAINE N'ÉTEINT LES HAINES EN CE MONDE. PAR L'AMOUR SEUL LES HAINES SONT ÉTEINTES. C'EST UNE LOI ÉTERNELLE".
J'LE CROIS PAS...

"EN AUCUNE PARTIE DE CE VASTE MONDE IL N'EXISTE DE LIEU OÙ L'ÊTRE HUMAIN PUISSE ÉCHAPPER AUX CONSÉQUENCES DE SES ACTES".

LES ANNÉES ONT DÉFILÉ LES UNES APRÈS LES AUTRES ET VOUS ÊTES DE PLUS EN PLUS FOUS, HAINEUX, VULGAIRES.
"COMME LE VER À SOIE, TU AS TISSÉ UN COCON AUTOUR DE TOI. QUI PEUT TE SAUVER ? BRISE TON COCON ET SORS-EN TEL UN MAGNIFIQUE PAPILLON, TEL UNE ÂME LIBRE".*

* BOUDDHA

QU'EST-CE QUE C'EST QUE CE TRUC ?
UN... UN GROS POULET QUI PARLE...
BOM
J'AI BIEN ENTENDU ?
C'EST MOI QUE TU TRAITES DE GROS POULET ?
EUH... JE DISAIS ÇA COMME ÇA... JE... JE VOULAIS PAS ÊTRE VEXANT...

EH BIEN, ELLE EST SUSCEPTIBLE LA VOLAILLE...
POUSSE-TOI DE LÀ, TOCARD !
C'EST LES PLUMES QUE TU AS SUR LE CUL...
OU LE FAIT DE CITER BOUDDHA QUI TE DONNE LE DROIT D'AVOIR CET AIR SUPÉRIEUR ?
GLEURGLLL !!!

GNNii
QU'EST-IL ARRIVÉ À VOTRE RACE ? JE NE COMPRENDS PAS...
VOUS ÉTIEZ SI RESPECTUEUX. NOS APPARITIONS DANS VOTRE MONDE ÉTAIENT CÉLÉBRÉES ET FÊTÉES PENDANT DES ANNÉES...
DES STATUES ET DES MONUMENTS ÉTAIENT ÉRIGÉS EN NOTRE HONNEUR...
ET JAMAIS AUCUN HUMAIN NE M'A CONFONDU AVEC UN POULET !!!
HA HA HA...
SI VOUS ÊTES PLUSIEURS... COMME TOI... C'EST LES KFC QUI... URGH... VONT FAIRE DES AFFAIRES...
KEBAM

JE NE SAIS PAS QUI SONT LES KFC, MAIS TA VOIX ÉTAIT ENCORE PLEINE DE MOQUERIE...
JE N'AURAIS JAMAIS DÛ ME LAISSER CONVAINCRE PAR SEPATEP. LES AUTRES ONT RAISON, VOTRE RACE DOIT DISPARAÎTRE.
COMME TU Y VAS MON CHER ARAHORUS...
TU ÉTAIS LE PLUS CHOQUÉ PAR LA DÉCISION DE NOS FRÈRES...
TU LE SAIS COMME MOI, LA RACE HUMAINE NE MÉRITE PAS DE S'ÉTEINDRE...
TU COMPRENDS CE QUI SE PASSE TAB' ?
NON, RIEN DE RIEN... MAIS JE SAIS QUAND IL FAUT SE TENIR À CARREAU, KURBIN...
ET CROIS-MOI...
ON NE TROUVERA JAMAIS DE MEILLEURE OCCASION DE FERMER NOS GRANDES GUEULES.

C'EST LA CHOSE LA PLUS CENSÉE QUE VOUS AYEZ DITE DEPUIS QUE VOUS ÊTES ENTRÉS DANS CE DIVIN BÂTIMENT...
CETTE SALLE D'ARCADE ?
UN... UN DIVIN... BÂTIMENT...
TU VAS TROP VITE EN BESOGNE ARAHORUS ! LAISSONS À CES JEUNES GENS LE TEMPS D'ASSIMILER TOUTES CES INFORMATIONS.
JUSTEMENT, JE NE SUIS PAS CERTAIN QU'ILS SOIENT CAPABLES D'ASSIMILER QUOI QUE CE SOIT...
LES HUMAINS VONT DISPARAÎTRE...
SI TU CONTINUES À PENSER QUE C'EST À CES IDIOTS QUE NOUS DEVONS NOUS FIER...

JE TE LE RÉPÈTE, TU VAS TROP VITE EN BESOGNE !
C'EST... C'EST LE VIEUX QUI ÉTAIT À L'ACCUEIL.
IL A CHANGÉ DE TÊTE...
ET TU N'AURAIS PAS DÛ MONTRER TON VRAI VISAGE AUSSI TÔT...
PARCE QUE TU CROIS PASSER INAPERÇU TOI ?
LES HUMAINS N'ONT PAS L'HABITUDE DE VOIR DES CHOSES QUI SORTENT DE LEUR QUOTIDIEN. LEUR ESPRIT EST FRAGILE ET CE GENRE DE CHOC PEUT LES RENDRE FOUS.
ALORS C'EST ÇA LE DÉLIRE ? VOUS ESSAYEZ DE NOUS FAIRE GOBER QUE VOUS ÊTES DES DIEUX ?
POUR ÇA, VA FALLOIR PLUS QU'UN COSTUME DE POULET ET UNE JUPETTE À CARREAUX...
NE VOUS FAITES PAS PLUS CASSE-PIED QUE VOUS NE L'ÊTES, MONSIEUR OGIVAL...

ET JE PARIE QU'UN TOUR DU MONDE EN QUATRE-VINGTS SECONDES SUFFIRA À VOUS CONVAINCRE.
NOUS VOICI À HONKYO, L'UNE DES VILLES LES PLUS PEUPLÉES ET POLLUÉES DU MONDE.
C'EST... C'EST IMPOSSIBLE...
"IMPOSSIBLE" NE VEUT RIEN DIRE POUR NOUS, PETITE LUCIE. VOTRE PEUPLE N'EST QU'AU BALBUTIEMENT DE SON ÉVOLUTION.
DANS QUELQUES CENTAINES D'ANNÉES, VOUS VOLEREZ SANS AVOIR BESOIN DE MACHINES, VOUS VISITEREZ DES PLANÈTES AUJOURD'HUI INCONNUES...
... ET RÉDUIREZ LEURS PEUPLES EN ESCLAVAGE !
COMME CERTAINS DE VOS SEMBLABLES CONTINUENT DE LE FAIRE AUJOURD'HUI.

VOUS ÊTES LES SEULS ÊTRES VIVANTS À ÊTRE ASSEZ INGÉNIEUX, INVENTIFS ET STUPIDES POUR CONCEVOIR DES MACHINES VOUS PERMETTANT DE VOUS ENTRETUER.
"L'ORDRE EST L'ESSENCE MÊME DE L'UNIVERS. L'ORDRE DE LA NAISSANCE ET DE LA MORT. SEUL L'HOMME SEMBLE VIVRE DANS LE DÉSORDRE, LA CONFUSION, IL A TOUJOURS VÉCU AINSI DEPUIS SA CRÉATION".*
* KRISHNAMURTI
NOUS AVONS VU VOTRE FUTUR. BIENTÔT, VOUS CONSOMMEREZ DES CRÉATURES EXTRATERRESTRES FABULEUSES COMME VOUS CONSOMMEZ TOUT CE QUI VIT SUR VOTRE PLANÈTE. PAS PAR BESOIN, MAIS PAR LUXE.
VOUS TROUVEREZ MÊME LE MOYEN DE DÉVORER DES DIEUX QUE VOUS AUREZ RENIÉ...

BON... JE NE CAPTE RIEN À CE QUE VOUS RACONTEZ, ET À MON AVIS, JE NE SUIS PAS LE SEUL ICI.
OUI, ENFIN ÇA, C'EST CE QUE SUPPOSENT NOS FRÈRES.
JE CROIS QU'ON A TOUS BIEN COMPRIS QUE VOUS ÉTIEZ UNE SORTE DE... DIEUX... MAIS...
SANS VOULOIR VOUS OFFENSER, QU'EST-CE QUE VOUS ATTENDEZ DE NOUS EXACTEMENT ?
BEAUCOUP PENSENT QUE VOUS NE MÉRITEZ PLUS D'EXISTER.
C'EST UNE QUESTION QUE JE ME POSE ENCORE...

L'ATTITUDE GÉNÉRALE DE LA RACE HUMAINE FAIT FRÉMIR TOUT L'UNIVERS.
EN PLUS D'ÊTRE UN FUTUR DANGER POTENTIEL, LA FAÇON DONT VOUS TRAITEZ VOTRE PLANÈTE RISQUE DE CRÉER UNE CATAS-TROPHE SANS PRÉCÉDENT.
POUR RÉSUMER, VOUS VOUS ÊTES ATTIRÉS LE COURROUX DES DIEUX.

MAIS, HEUREUSEMENT POUR VOUS, NOUS SOMMES ENCORE QUELQUES-UNS À CROIRE EN L'HUMANITÉ...
ET NOUS SOMMES BIEN RÉSOLUS À VOUS AIDER À TRAVERSER CETTE CRISE.
ET LE POULET EN FAIT PARTIE C'EST ÇA ? IL CROIT TELLEMENT EN NOUS QU'IL ESSAYE DE ME TUER AVANT MÊME DE...
SI J'AVAIS VOULU TE TUER, TU SERAIS MORT. TA FAÇON DE T'ADRESSER À MOI MÉRITAIT QUE JE TE DONNE UNE LEÇON. C'EST CE QUE J'AI FAIT.
OUAIS C'EST ÇA...
SANS OUBLIER QUE TU AS BLESSÉ L'ÉLU DE CE CHER ARAHORUS. IL N'AIME PAS TROP QU'ON TOUCHE À SES PETITS PROTÉGÉS...
QUE... CE... C'EST MOI LE PETIT PROTÉGÉ ?

NOUS AVONS TOUT DE MÊME DES LIMITATIONS. QUE NOUS SOYONS POUR OU CONTRE L'EXTINCTION DE VOTRE RACE, AUCUN DIEU N'A LE DROIT D'INTERVENIR DIRECTEMENT.
TOUT CE QUE NOUS POUVONS FAIRE, C'EST CHOISIR DES ÊTRES VIVANTS ET LEUR CONFIER UNE PARTIE DE NOS POUVOIRS...
ON VA...
... AVOIR...
... DES POUVOIRS ?
PUISSANT !
O.K., TOUT ÇA ME PARAÎT ON NE PEUT PLUS CLAIR. J'AI HÂTE D'ENTENDRE PARLER DE LA CONTREPARTIE, MAINTENANT.
DOUCEMENT LUCIE, RAPPELLE-TOI À QUI TU PARLES...
LA PETITE LUCIE A RAISON. IL Y A TOUJOURS UN PRIX À PAYER...

REGARDEZ L'ÉCRAN DERRIÈRE VOUS.
PU... PUTAIN...
VOUS N'ÊTES PAS LES PREMIERS...
IL Y A EU QUELQUES ÉCHECS MALHEU-REUX AVANT VOUS.
VOILÀ DONC LA CONTREPARTIE. QUE CE SOIT CLAIR, VOUS N'ALLEZ PAS EN VOYAGE DE FIN D'ANNÉE, ON VOUS PROPOSE D'AFFRONTER DES CRÉATURES QUI ONT REÇU LEURS POUVOIRS DE DIEUX FÉROCES ET REVANCHARDS.
DES DIEUX QUI CRAIGNENT DE VOIR LEUR CONFORT DISPARAÎTRE ET DONT VOUS AVEZ MORDU LA MAIN NOURRICIÈRE.

ON NE VOUS DEMANDE PAS DE NOUS DONNER UNE RÉPONSE TOUT DE SUITE.
PRENEZ VOTRE TEMPS, MAIS PAS TROP.
MA RÉPONSE, JE VAIS VOUS LA DONNER TOUT DE SUITE, BANDE DE TARÉS !
LA VOILÀ !
TRÈS BIEN !
SNAP
ZAP
SI ON DIT "NON", VOUS NOUS FAITES DISPARAÎTRE, C'EST ÇA ?
PAS D'INQUIÉTUDE, JE L'AI JUSTE RENVOYÉ CHEZ LUI.
RÉFLÉCHISSEZ À NOTRE PROPOSITION. VOTRE ESPÈCE A BESOIN DE GARDIENS... ET IL FAUDRA BIEN QUE QUELQU'UN SE RETROUSSE LES MANCHES.

SNAP
WIIIIIZ
ILS NE REVIENDRONT PAS SEPATEP... ILS SONT TROP JEUNES ET TROP PEU CONCERNÉS PAR CE QUI LES ENTOURE...
PEUT-ÊTRE ARAHORUS, MAIS CES CINQ GAMINS SONT LES DERNIERS À AVOIR CE QU'IL FAUT. ET JE SUIS PERSUADÉ QUE LEUR JEUNESSE SERA UN ATOUT DANS LE CONFLIT QUI NOUS ATTEND.
ET TU Y CROIS ENCORE ? MALGRÉ TOUS LES EFFORTS DÉJÀ FOURNIS, TU PENSES QU'ON PEUT TOUJOURS FAIRE QUELQUE CHOSE...
NE PLUS Y CROIRE, C'EST CONDAMNER UNE RACE QUI NOUS A LONGTEMPS DIVERTIS.
MALGRÉ TOUS LEURS DÉFAUTS, L'UNIVERS NE SERAIT PAS LE MÊME SANS LES HUMAINS.

PUTAIIINNNN...
... DE BORDEL...
... DE MERDE !
SA... SA... SALUT GRANY !
WOUF !

AH, TE VOILÀ !
JE NE T'AI PAS ENTENDU RENTRER. TU M'AIDES À METTRE LA TABLE ?
DÉPÊCHE-TOI, TON PÈRE VA BIENTÔT ARRIVER.
CO... COMMENT T'AS FAIT ÇA ?
JE T'AI VU ARRIVER COMME ÇA... POUF...
C'EST DE LA MAGIE, PAS VRAI ? TU SAIS FAIRE DE LA MAGIE ?

POUF
TU M'ÉCOUTES OU QUOI !!!
EXCUSE-MOI ISAMEULE, JE PENSAIS À AUTRE CHOSE... QU'EST-CE QUE TU VEUX ?
MAMAN A PAS FAIT ATTENTION MAIS MOI JE T'AI VU. T'ES ARRIVÉ COMME UN MAGICIEN.
MÊME LES TÉLÉCOOKIZ ILS SAVENT PAS FAIRE ÇA...
TU M'ÉTONNES, C'EST DES GROSSES TANCHES TES TÉLÉCOOKIZ...
POUM
PEUT-ÊTRE MAIS COMME JE SUIS ENCORE PETITE, J'AIME BIEN.
ET SI TU ME DIS PAS COMMENT TU FAIS TA MAGIE, JE DIS A MAMAN QUE TU FUMES DES JOINTS DANS TA CHAMBRE...

QUOI ? MAIS J'AI JAMAIS FAIT ÇA !!!
PEUT-ÊTRE, MAIS MAMAN N'EN SAIT RIEN... ET VU QUE JE NE SUIS PAS CENSÉ SAVOIR CE QUE C'EST, UN JOINT, TU TE DOUTES BIEN QUE C'EST MOI QU'ELLE VA CROIRE...
GNIIII HA HA HA HA HA !!!
TU ES VRAIMENT DÉMONIAQUE !
OUI, JE SAIS, MERCI.
MAINTENANT TU AS TROIS SECONDES POUR RÉPONDRE À MA QUESTION.
O.K. MA GRANDE, MAIS ALLONS DANS UN ENDROIT TRANQUILLE.
CE QUE J'AI À TE DIRE DOIT RESTER ENTRE NOUS...
ET LES MURS ONT DES OREILLES ICI...
? ? ?

HÉ LES AFFREUX, VOUS PARTEZ OÙ COMME ÇA ? ON PASSE À TABLE DANS CINQ MINUTES.
DANS UN ENDROIT OÙ Y A MOINS D'OREILLES SUR TES MURS MAMAN.
CONTINUE GRAND FRÈRE, ELLE A BUGUÉ...
BIEN JOUÉ !
JE VAIS TOUT TE RACONTER, MAIS FAUT ME PROMETTRE DE RIEN RÉPÉTER AUX AUTRES, ON EST BIEN D'ACCORD ?
PROMIS !

VLAM
KRAK
T'AS TOUJOURS PEUR DU NOIR ISAMEULE ?
EUH... UN PEU POURQUOI ?
TIENS, ATTRAPE CETTE LAMPE LÀ, PAR TERRE, À CÔTÉ DES SLIPS SALES.
BEURK !
C'EST BON, TU L'AS ?
OUI, MAIS QU'EST-CE QUE TU VEUX EN FAIRE ?
POP!
C'EST PAS POUR MOI, MA PUCE !
LEÇON NUMÉRO UN : "ON NE FAIT PAS CHANTER SON GRAND FRÈRE".
SLAM

LEÇON NUMÉRO DEUX : "ON NE FAIT PAS BUGUER SA MÈRE".
NON !!! SORS-MOI DE LÀ, J'AI PEUR DU NOIR.
ALLUME TA LAMPE !
CLIK
JE DIRAI À MAMAN CE QUE TU M'AS FAIT !!!
ET JE LUI DIRAI QUE TU RAMÈNES DES FILLES DANS TA CHAMBRE...
NON, MIEUX, DES GARÇONS !!!
JE DIRAI À PAPA QUE TU PIQUES DANS SON PORTEFEUILLE !
GRAND FRÈRE ? T'ES LÀ ?

GRAND FRÈREEEEUUUUHHHH !!!

LE LENDEMAIN MATIN...
VRRRRR
POK
VRRR
BOUGE-TOI D'LÀ, TOI !!!
PAUV' CAVE !

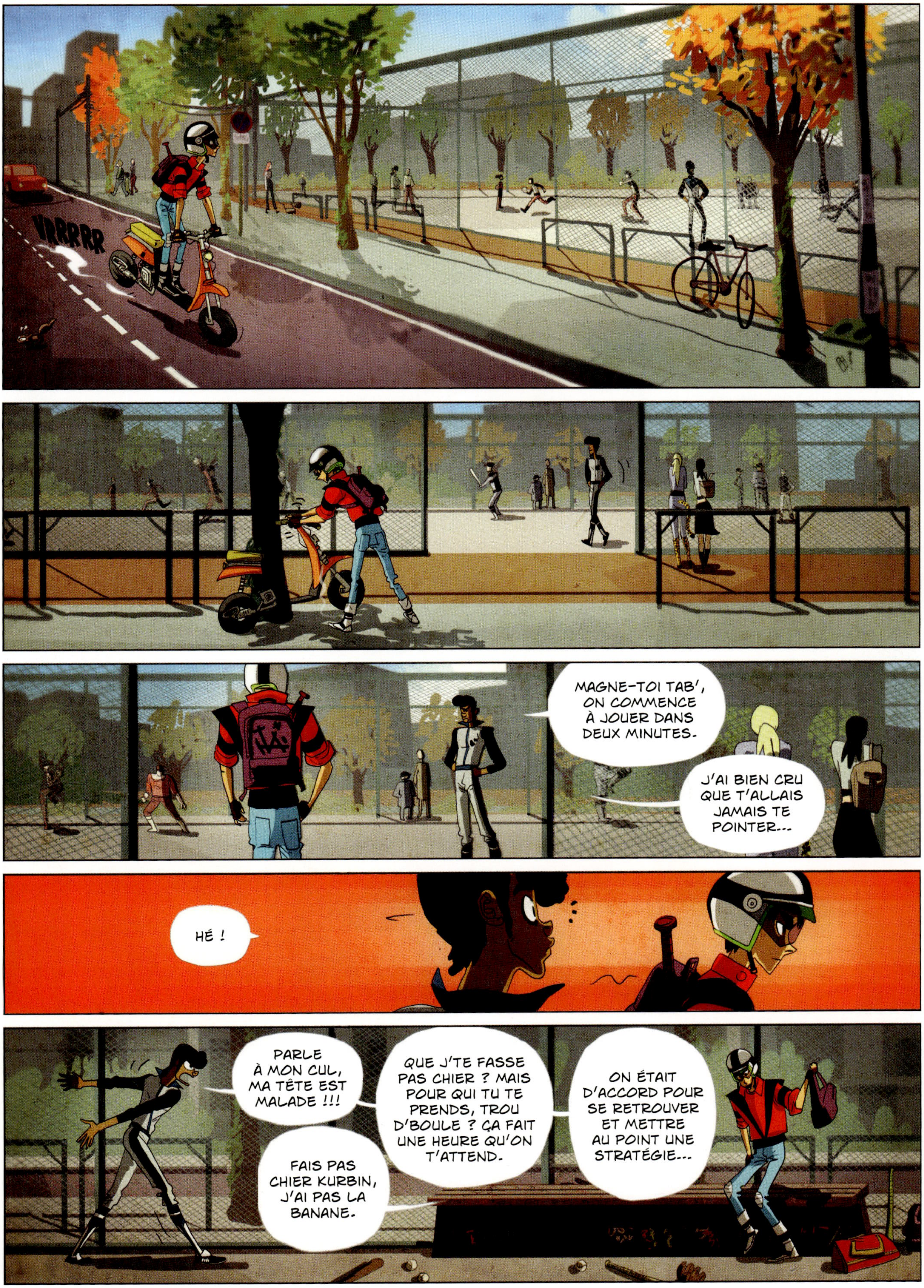
VRRRRR
MAGNE-TOI TAB', ON COMMENCE À JOUER DANS DEUX MINUTES.
J'AI BIEN CRU QUE T'ALLAIS JAMAIS TE POINTER...
HÉ !
ON ÉTAIT D'ACCORD POUR SE RETROUVER ET METTRE AU POINT UNE STRATÉGIE...
QUE J'TE FASSE PAS CHIER ? MAIS POUR QUI TU TE PRENDS, TROU D'BOULE ? ÇA FAIT UNE HEURE QU'ON T'ATTEND.
PARLE À MON CUL, MA TÊTE EST MALADE !!!
FAIS PAS CHIER KURBIN, J'AI PAS LA BANANE.

REPRENDS-TOI UN PEU SINON ON VA SE FAIRE BAISER PAR CES TOCARDS VENUS DU SUD...

SKRATCH
C'EST BON, TU M'ÉCOUTES, LÀ ?
TABASCO ? PUTAIN MAIS QU'EST-CE QUE T'AS ?
JE SAIS PAS... J'ARRÊTE PAS DE PENSER AUX TYPES ZARBIS QU'ON A RENCONTRÉS HIER...
JE VOIS PAS DE QUOI TU PARLES. IL S'EST RIEN PASSÉ...

QU'EST-CE QUE TU ME CHANTES ? LE POULET GÉANT ET LE TOUR DU MONDE EN QUATRE-VINGTS SECONDES, ÇA TE RAPPELLE RIEN PEUT-ÊTRE ?
RIEN DU TOUT, MAIS SI TU VEUX TE FAIRE ENFERMER, CONTINUE, T'ES SUR LA BONNE VOIE...
QUOI ?
ME DIS PAS QUE T'ES EN TRAIN DE TE CHIER DESSUS KURB'... TU VAS PAS ME LA JOUER COMME ÇA, HEIN ?
TU SAIS QUOI ? VA TE FAIRE FOUTRE, ET APRÈS, SI T'AS LE TEMPS, VA TE FAIRE SOIGNER. T'ES COMPLÈTEMENT CINGLÉ...
ALLEZ LES GARS, LE MATCH VA COMMENCER !!!
J'ARRIVE, COACH !
ET TAB', QU'EST-CE QU'IL FOUT ?

IL A PÉTÉ UN PLOMB COACH, IL VA FALLOIR QU'ON FASSE SANS LUI AUJOURD'HUI...
QUOI ? MAIS C'EST NOTRE MEILLEUR LANCEUR !!! OH GOD !!! QU'EST CE QUE J'AI FAIT POUR MÉRITER D'AVOIR DE TELS BRANLEURS DANS MON ÉQUIPE ?
QU'EST-CE QUI LUI PREND À CETTE COUILLE MOLLE...
J'LE CROIS PAS QU'IL ME FASSE CE PLAN...
VRRRR
QU'IL AILLE SE FAIRE FOUTRE !!!
VRAOUM

SKRATCH
KRASH

C'EST BON, JE SUIS PRÊT, JE VAIS LE FAIRE.
"LES DISPARITIONS, DE PLUS EN PLUS FRÉQUENTES DANS LES MATERNITÉS, OBLIGENT LES FORCES DE POLICE..."
VRAIMENT ?
ZAP
OUI, VRAIMENT ! DITES-MOI COMMENT ÇA DOIT SE PASSER !
PLAF
J'ESPÈRE QUE TU AS BIEN MÛRI TA DÉCISION PETIT, PARCE QU'UNE FOIS ENGAGÉ, IMPOSSIBLE DE FAIRE MARCHE ARRIÈRE.
J'Y AI PENSÉ TOUTE LA NUIT !
ÇA VA ÊTRE IMPOSSIBLE DE REPRENDRE MA VIE D'AVANT, VOUS M'AVEZ FOUTU TROP DE TRUCS ZARBIS DANS LA TÊTE.

JE NE SAIS PAS CE QUE VEUT DIRE "ZARBI" MAIS JE SUIS CONTENT QUE TU SOIS LÀ.
ET TU TOMBES AU POIL POUR AIDER TON AMIE !
MON... MON AMIE ?
TU N'ES PAS LE PREMIER À PRENDRE TES RESPONSABILITÉS... LUCIE A ACCEPTÉ SANS RÉFLÉCHIR...
QUOI ?
ALLEZ PETITE, TIENS BON, FAIS-MOI HONNEUR !!!
SNAP

QU'EST-CE QU'ELLE FOUT LÀ-BAS ?
ELLE SE BAT POUR LES SIENS, JEUNE IMBÉCILE...
LA VRAIE QUESTION DEVRAIT PLUTÔT ÊTRE : "QU'EST-CE QUE TOI TU FAIS ICI ?"
MAIS VOUS VOYEZ BIEN QU'ELLE VA SE FAIRE TUER...
C'EST SON DEVOIR DE PROTÉGER SA RACE ET S'IL DEVAIT LUI ARRIVER MALHEUR, DISONS SIMPLEMENT QUE C'EST LE RÔLE ET LE DESTIN DE TOUT BON HÉROS.
MAIS VOUS ÊTES COMPLÈTEMENT GIVRÉS ? ELLE EST ENTOURÉE D'ESPÈCES DE... DE DRÔLES DE GROS TRUCS AVEC DES CORNES... ELLE A AUCUNE CHANCE !
COMMENT JE FAIS POUR LA REJOINDRE ?
IL SUFFIT DE ME LE DEMANDER...

ALORS JE VOUS LE DEMANDE, ARRÊTEZ DE PRENDRE VOS GRANDS AIRS, MON AMIE A BESOIN DE MOI.
TRÈS BIEN TABASCO... C'EST MOI QUI VAIS TE DONNER TES POUVOIRS. AGENOUILLE-TOI !!!
QUOI ? MES COUILLES, OUI ! ON N'A PAS LE TEMPS DE SE COGNER UNE CÉRÉMONIE DE MERDE...
À GENOUX !!!
BIEN MAÎTRE...
ESPÈCE DE GROSSE ENFLURE PLUMÉE, TU ME PAIERAS ÇA...
J'ENTENDS CE QUE TU DIS ET CE QUE TU PENSES, TABASCO.
MERDE...
COMME TU DIS. À PARTIR DE MAINTENANT NOS ESPRITS SONT LIÉS, OÙ QUE TU SOIS, NOUS POURRONS COMMUNIQUER.
MÊME QUAND J'IRAI FAIRE CACA OU ...

SILENCE !
JE SUIS ARAHORUS, DIEU DES VENTS, MAÎTRE DES ORAGES ET DES CYCLONES, JE SUIS LE FILS IMMORTEL À L'ESPRIT VIF.
PRÉSENTE-TOI !
JE... JE SUIS TABASCO TROMBE... EUH... FILS DE MA MÈRE ET DE MON PÈRE.
VEUX-TU TE LIER À MOI JUSQU'À CE QUE LA MORT TE GAGNE, TABASCO TROMBE, FILS DE TA MÈRE ET DE TON PÈRE ?
MAIS... IL EST PÉDÉ CE DIEU OU QUOI ? IL EST QUAND MÊME PAS EN TRAIN DE ME DEMANDER EN MARIAGE...
RÉPONDS !
OUI...
TU DOIS RÉPONDRE AVEC CONVICTION ! TU DOIS LE VOULOIR DE TOUT TON ÊTRE...
PENSE À TON AMIE ET À TA RACE !
ES-TU CERTAIN DE VOULOIR TE LIER À MOI ?
OUI...
ES-TU CONVAINCU DE MON EXISTENCE ET DE L'EXISTENCE DE FORCES QUI TE DÉPASSENT ?
OUI !
SOUHAITES-TU SAUVER TON AMIE ET TE BATTRE POUR LES TIENS ?

OUI!
MAIS...
PUTAIN, QU'EST-CE QUE C'EST QUE CE TRUC...
AAAHHHHHH

POK
JE SUIS PRÊT !
COMMENT JE REJOINS LUCIE ?
COMME CECI...
SNAP
TABASCO, NE FAIS SURTOUT PAS L'ERREUR DE CROIRE QUE TU ES PRÊT, TU N'AS AUCUNE IDÉE DE L'ÉTENDUE DE TES POUVOIRS ET DU TEMPS QU'IL FAUT POUR LES MAÎTRISER...
DZZZIII
D'ACCORD MON POULET, SI ÇA TE DÉRANGE PAS, ON EN PARLERA PLUS TARD, LÀ J'AI RENCART AVEC UNE COPINE...

PLIC
PUTAIN, QU'EST-CE QUE C'EST QUE CETTE MERDE ?!!
JE... JE SUIS DANS UN ABATTOIR ???
CES BÊTES ONT BEAUCOUP SOUFFERT... NOS FRÈRES DIVINS LEUR ONT PERMIS DE DÉCHAÎNER LEUR COLÈRE...
CES... HOMMES... C'EST HORRIBLE...
BORDEL, C'EST DÉGUEULASSE, J'AI ENVIE DE GERBER...
C'EST CE QU'ELLES SUBISSENT DEPUIS DES ANNÉES.
IL FAUT QUE JE RETROUVE LUCIE...

AAAAHHHHHHHHHHH !
QU'EST-CE QUI T'A PLU CHEZ CE GARÇON, ARAHORUS ?
JE NE SAIS PAS... J'AI EU CE QUE LES HUMAINS APPELLENT UN "FEELING"...
QU'EST-CE QUI S'EST PASSÉ ENCORE ?
TU ES PLUS RAPIDE ET PLUS FORT TABASCO. CE N'EST QU'UN PETIT ASPECT DE TES POUVOIRS MAIS IL FAUT QUE TU T'HABITUES VITE, CAR QUELQUE CHOSE ME DIT...
QUE TU AS ATTIRÉ L'ATTENTION DES PENSIONNAIRES DE CET ÉTABLIS-SEMENT.
ÇA TOMBE BIEN...

J'AI UNE GROSSE
ENVIE DE STEAK
TARTARE !
WIIIIIIIIIZ

PUTTAAIIIINNN !!!
MUH ?
SHAK
HAHA
PLAF
PAF!
KRUSH
MUH!
KLASH
MUUUH!
POM
PIAK
KRAK
PING
AÏE
AAAA
OUIIILLE
OUCH
LES... ENFOIRÉS... C'EST DES VRAIES RACAILLES...
CONCENTRE-TOI SUR TES GESTES... MESURE LA PORTÉE DE TES SAUTS... TU DOIS SENTIR CETTE NOUVELLE FORCE QUI PARCOURT TON CORPS ET LA LAISSER TE GUIDER...
ÇA PARAÎT SIMPLE, DIT COMME ÇA...

UNE OUVERTURE...
TIENS TOI, ÇA T'APPRENDRA À AVOIR DES GROSSES COUILLES...
POW
MUH!!
MUH!?
MUH!
VIENS LÀ, MON GROS...
PLAF
MUUU!
BAM

PLOK
À QUI LE TOUR ?
MUH...

BAM
J'AURAIS AIMÉ UN TRUC PLUS CLASSE POUR MA PREMIÈRE MISSION
RECTIFICATION...
J'AURAIS AIMÉ UN TRUC PLUS CLASSE POUR MA DERNIÈRE MISSION !
TU DOIS FAIRE CONFIANCE À TES NOUVEAUX POUVOIRS, TABASCO.
AH ! VOUS ÊTES ENCORE LÀ... JE CROYAIS QUE VOUS M'AVIEZ OUBLIÉ...
ÉCOUTE TON CORPS...
MON CORPS ME DIT QUE DANS CINQ MINUTES, MON SLIP VA CHANGER DE COULEUR...
CONCENTRE-TOI !

COMME LE VENT, TU ES INSAISIS-SABLE...
TU DOIS RESSENTIR LE MOUVEMENT DE L'AIR ET NE FAIRE QU'UN AVEC LES ÉLÉMENTS...
MUH!!
JE VAIS T'ARRACHER LA TÊTE !!!

SPOK
KRACH
KRAK
ALORS LES CORNUS, ON A DU MAL A SE DÉCIDER ?
MUHMUH!!
!!
!?
BAM
MUH-
!!

C'EST ÇA, CASSEZ-VOUS LES VACHETTES...
BON, RETROUVER LUCIE MAINTENANT...
IL TE SUFFIT D'ÉCOUTER, TABASCO, LES SONS NE SONT RIEN D'AUTRE QUE DES ONDES QUI PARCOURENT L'AIR...
TU PEUX LES INTERCEPTER.
ÇA, C'EST LES GROS CONS QUE JE VIENS DE ME FAIRE...
ET LÀ C'EST...
LUCIE!!..

AAAAAAAAA
TIENS BON COPINE, J'ARRIVE.
AAA
AAAAA
LUCIE !
AAAAAA AA
WZZZZ
TABASCO !!! JE SUIS LÀ !

PUTAIN !
C'EST QUOI CETTE PORTE ?
KEBAM
PUTAINNNNN !
CALME-TOI, T'ÉNERVER N'ARRANGERA PAS TES AFFAIRES...
LÈVE-TOI ET POSE TES MAINS SUR LA PORTE.

ET JE VAIS DEVOIR FAIRE QUOI MAINTENANT ? LA CARESSER POUR QU'ELLE ME LAISSE GENTIMENT ENTRER ?
EN QUELQUE SORTE OUI... CONCENTRE-TOI ET BOUGE DOUCEMENT TES MAINS. TOUT N'EST QU'UNE QUESTION DE COURANT...
QU'EST-CE QU'IL FAUT PAS ENTENDRE COMME CONNERIES...
MAIS...
ÇA MARCHE VOTRE TRUC...
BRRR
BIEN SÛR QUE ÇA MARCHE !
BRRR
UTILISE LES VIBRATIONS.
BRRRRRRRRRR
BRRRR
SHLAM

LUCIE !!!

TABASCO...
TU ES VENU...
SLAM

BIEN SÛR QUE JE SUIS VENU !
ET J'EN CONNAIS UN QUI VA PAS TARDER À REGRETTER D'AVOIR LEVÉ LA MAIN SUR TOI.

À SUIVRE DANS LE TOME 2 "SEPATEP"

THE ART OF TEOTL

L'univers de TEOTL est en grande partie inspiré des feuilletons japonais pour enfants, très populaires là-bas, nommés *Sentai* ("escadron de combat"). Il s'en produit un par an depuis 40 ans environ, de 50 épisodes chacun, et dont les héros, de couleurs différentes, combattent des monstres... parfois vraiment craignos ! Ma préférence va de loin pour les plus anciens, plus cheap, plus cools et cultes aussi. Et surtout pas les *Power Rangers*, *sentai* médiocrissimes passés à la moulinette US. Mes séries favorites sont *Liveman* et *Jetman*, pleines d'humour et aux personnages à peu près développés.
Bien sûr, le schéma narratif de TEOTL reste différent, plus moderne si je puis dire, plus "mangasse", plus "comics", plus "série US" aussi.

Pour designer un monstre *sentai*, c'est tout simple, il suffit de prendre n'importe quel objet symbolique du quotidien (en l'occurrence pour moi datant des années 80/90) et de le transformer en truc débile. Ainsi, vous pouvez imaginer un fer à repasser diabolique, un bol de *ramen* hystérique, ou un panneau de feu rouge satanique (ah oui, pour info, ces deux derniers existent déjà dans les *sentai* japonais ^^).
Et pour dessiner des visages débiles, il suffit de s'inspirer de *Docteur Slump*, *Dragon Ball*, et de *Ranma 1/2*, mes mangas favoris absolus.

Cette illustration, faite en février 2010, fut un pas en avant pour le projet qui, à l'époque, n'avait pas de scénariste. J'ai pu y rassembler tout ce que j'aimais, en un seul univers : les monstres ringards, les *mekas* classes, la salle d'arcade/les jeux vidéo et surtout un début de relation entre la fille et le garçon. Pour inventer une histoire, il faut donner la priorité aux personnages, leur relation surtout, bonne ou mauvaise, et leur caractère, leurs démons... Les histoires uniquement basées sur de la description d'univers sont généralement médiocres et les personnages sans défauts sont rarement attachants.

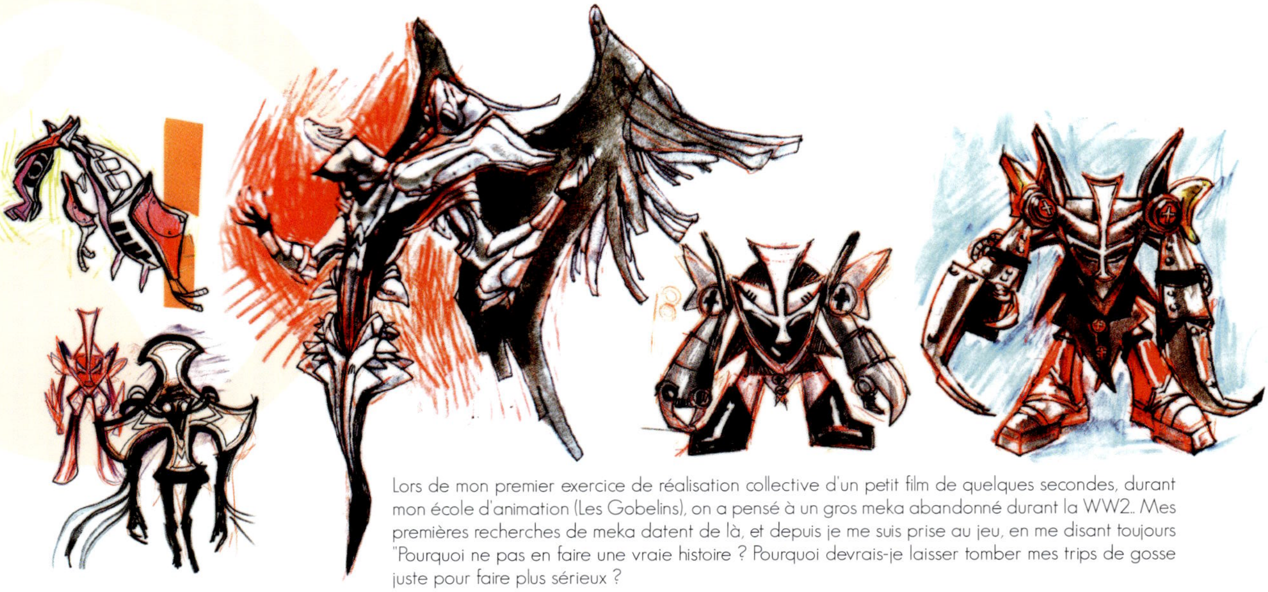

Lors de mon premier exercice de réalisation collective d'un petit film de quelques secondes, durant mon école d'animation (Les Gobelins), on a pensé à un gros meka abandonné durant la WW2.. Mes premières recherches de meka datent de là, et depuis je me suis prise au jeu, en me disant toujours "Pourquoi ne pas en faire une vraie histoire ? Pourquoi devrais-je laisser tomber mes trips de gosse juste pour faire plus sérieux ?

Toujours sans réel scénario derrière, j'ai imaginé ces quelques scénettes vite fait, pour me mettre dans l'ambiance. Il y avait une histoire de génie dont la lampe avait été fondue dans une borne d'arcade. Tout ça était bien fun, mais assez creux par rapport au scénario actuel. On peut voir des connotations années 80 mais aussi 90, parce que je trouve ça classe. C'est l'époque d'un univers parallèle, qui est simplement dans ma tête.

J'ai voulu éviter le cliché "morimotesque" des décors japonisants, en mixant Tokyo avec des éléments d'architecture parisienne, le tout posé sur des montagnes. Ce que j'adore néanmoins par-dessus tout à Tokyo, ce sont les multiples dessins/icônes débiles qui y fleurissent. J'ai essayé d'en mettre partout, car ça me fait beaucoup rire, et comme je déteste faire des décors, c'est important que je me fasse plaisir en contrepartie. De plus, je considère les décors comme un personnage en soi, essentiel pour évoquer l'univers de la B.D., au-delà de l'histoire racontée, pour que l'on y voit un monde autonome, des personnages qui y vivent vraiment.

Au début de ces recherches, je dessinais à la main, à l'ancienne, mais avec Tot, on voulait une histoire qui se développe sur la longueur, à la narration surdécoupée, pour bien prendre le temps d'installer les personnages, raconter leur quotidien. Je suis particulièrement fan de séries télé, de leur type de narration infinie, simple et efficace. Mais cela demande beaucoup de pages pour une B.D. Du coup, le dessin sur tablette graphique s'est imposé naturellement pour réaliser une planche par jour, dessin/couleur, hormis le storyboard que je fais à part. Au début je me suis bien plantée, notamment pour cleaner mes planches. J'ai beaucoup perdu de mon trait au crayon, mais je ne regrette pas. J'ai fini par trouver un style particulier, plus sec certes, mais plus dynamique également, enfin je vous laisse juger...

TABASCO

Avant que Tot n'intervienne sur l'histoire, Tabasco était en fait Kurbin et inversement, ils étaient également plus jeunes ! Tabasco est un mec vénèr' et complètement impulsif. Sa morphologie de jeune adulte lui vient en partie de Michael Jackson à 20 ans, ainsi que son blouson et son brassard. J'ai eu du mal à trouver sa coupe de cheveux, je voulais m'approcher (mais pas trop) d'une coupe comme on en fait pour les djeun's, avec une vieille mèche lol.

J'ai imaginé une relation conflictuelle entre Kurbin et Tabasco. Kurbin c'est vraiment un mec bien, mais adolescence oblige, il ne le sait pas encore. Il n'est pas très sûr de lui et s'efface devant Tabasco. Je pense que ce personnage a beaucoup de potentiel. Tot a depuis lors imaginé davantage de couches de problématiques, que vous pourrez découvrir au fil des tomes...
Les trois autres héros ont été définis par Tot lorsqu'il a repris en main le projet. Tous les personnages sont importants, approfondis, et c'est vraiment un gros apport.

KURBIN

J'ai tout de suite imaginé des dieux dans l'histoire. Je suis très branchée mythologie, histoire antique et précolombienne, donc j'évite tout ce qui est trop ancré dans le rationnel, tout ce qui n'est pas possible de faire partir un peu en live. C'est ce que j'aime dans les mangas notamment, par rapport à pas mal de B.D. occidentales, cette touche de fantastique dans le quotidien.

Là, je suis partie un peu dans tous les sens, car à l'époque je n'avais pas de scénario, simplement la demande de Tot de développer mon univers. J'aimais bien le caca bleu en master of the univers, posé sur son fidèle serviteur, le caniche centaure, dommage... Depuis, Tot a fait un peu de ménage et a surtout mis un enjeu et un sens à cette histoire.

- Mylydy -

http://mylydyneo.blogspot.com

TEOTL
Tome 1

Imprimé par
L.E.G.O. S.p.A. (Italie)
Dépôt légal : octobre 2011
ISBN : 978-2-35910-233-8

Scénario : Tot
Dessin : Mylydy
Couverture : Mylydy & Xa

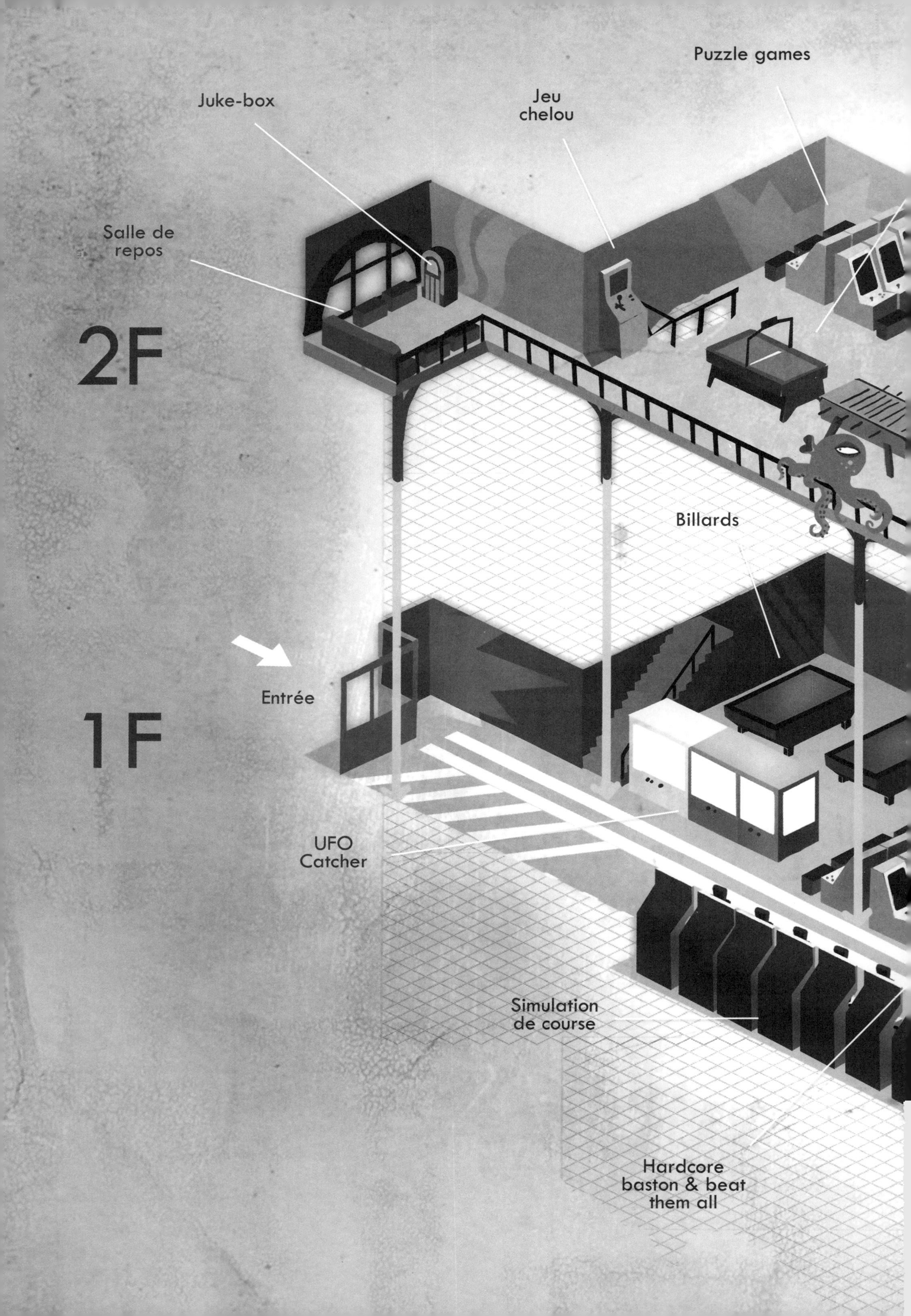
Puzzle games
Juke-box
Jeu
chelou
Salle de
repos
2F
Billards
Entrée
1F
UFO
Catcher
Simulation
de course
Hardcore
baston & beat
them all